Het geheim tussen de BOEKEN

REINE DE PELSENEER

RICHARD VERSCHRAAGEN

DE EENHOORN

Papier ritselt. Twee donkere ogen glimmen

en een klein hart bonst gretig.

Bembo Boekworm is op zoek naar een geheim.

Naar een geheim dat schuilt tussen de boeken.

Hij wéét dat het er is.

Maar wacht, nu ga ik te snel ...

Ik begin maar beter bij het begin.

HET BEGIN

Bembo Boekworm is een worm.

Dat hoor je aan zijn naam en dat zie je aan zijn lijf.

Bembo is lang en smal en hij leest als gek.

Letter na letter na letter verslindt hij.

Bembo woont in een oude bieb, in een hol onder de laagste plank van een boekenkast. Daar staan een bed en een tafel, een kast en een stoel.

Soms rust Bembo er even uit. Hij slaapt een poosje. Of hij drinkt een kop zoete thee, met een stukje chocola erbij.

Maar meestal zit Bembo bóven de plank.

Tussen de boeken.

Daar voelt hij zich meer thuis dan op welke andere plek ook. Overal waar hij kijkt, ziet hij boeken.

Er zijn wel honderd kasten, en elke kast zit propvol.

Bembo voelt geen honger of dorst als hij leest.

Hij duikt in een boek en hij smult van de woorden. Tot hij het boek kan voelen en de letters kan ademen. Tot de wereld buiten het boek ophoudt te bestaan. Tot hij

vergeet dat hij alleen is ...

LANG VOOR HET BEGIN

Vroeger woonde opa Boekworm ook in de bieb. Samen met Bembo.

Iemand anders was er niet, maar dat hoefde ook niet.

Opa en Bembo hadden elkaar, en ze hadden boeken.

Dat was genoeg.

Het was een mooie avond.

Buiten vulden donkere wolken de lucht.

Er dreigde regen en de wind blies alles wat maar een beetje los zat weg. Maar binnen in de bieb merkte je daar niets van. Daar was het knus, zoals altijd.

Opa las een heel dik boek. Zijn ogen gleden haastig over de pagina's. Bembo zat naast hem en genoot in stilte.

In opa's buurt was het altijd warm.

Bembo hield van de blik die opa in zijn ogen had wanneer hij las. Hij keek dan alsof alles mogelijk was. Als opa las, was hij ver en dichtbij tegelijk.

Voorzichtig gluurde Bembo mee over de rand van het

boek. Hij tuurde naar de letters, maar niet één woord raakte echt tot in zijn hoofd.

Hij piekerde en fronste.

'Opa?' vroeg hij opeens. 'Waarom doen we dit? Waarom lezen we altijd?'

Opa keek verward op.

Hij zuchtte, maar daarna werd zijn mond een lach.

'Er is een geheim,' zei hij beslist. 'Ergens in deze bieb schuilt een geheim. In de boeken, tussen de boeken, achter de boeken ... Ik weet niet waar, maar het is er. Daar ben ik zeker van, en ik lees tot ik het vind.'

'Oh,' zei Bembo.

Een geheim klonk best leuk.

Hij keek weer naar de woorden in het boek.

En hij las.

HET BEGIN GAAT VOORT

Intussen woont opa Boekworm allang niet meer in de bieb.

Op een dag was hij zomaar weg en hij kwam nooit meer

terug. Bembo weet niet eens of opa het geheim ooit

heeft gevonden.

Bembo is alleen, nu. Alleen tussen de boeken.

Maar in zijn hoofd hoort hij nog vaak de woorden van

opa: 'Er is een geheim, en ik lees tot ik het vind.'

Dat is ook precies wat Bembo doet: lezen, en nog lezen,

en méér lezen. Op zoek naar het geheim ...

Bembo leest niet zomaar kriskras door elkaar.

Nee, hij leest elk boek heel aandachtig.

Je weet immers nooit waar een geheim zich kan verstoppen.

Ooit begon hij bij de letter A.

Hij las een boek dat 'Alice in Wonderland' heet. En 'Alle

Verhalen van Kikker en Pad'. Hij las een boek over Apen

en een over Akelige Avonturen.

Maar dat is vele jaren geleden.

Want nu leest Bembo boeken die beginnen met de letter M.

De M van Mannetje Maan, van Matilda en Magie, van Meeuwen, en van Meer en Meer ...

Bembo verdiept zich in een verhaal over Menno de zeerover, die dwaalt over de zee en zoekt naar een schatkist.

De rover ontmoet monsters en vecht tegen stormen. Hij belandt op een eenzaam eiland en daalt af in een diepe grot.

Bembo duwt zijn bril recht. Dit wordt spannend, denkt hij likkebaardend.

Wanneer de zeerover de schatkist vindt, ziet Bembo het goud haast fonkelen voor zijn ogen.

Bembo denkt diep na.

Zou goud het geheim zijn?

Nee, opa Boekworm zou nooit zo hard zoeken naar een schatkist, meent Bembo.

Bovendien is die schatkist er alleen maar in het verhaal.

Het geheim is anders.

Bembo zet het boek weer op zijn plaats en haalt het volgende tevoorschijn.

Het is een dun boekje, gemaakt van zacht papier.

Op elk blad staan maar heel weinig woorden.

'Gedichten,' zegt Bembo tegen zichzelf.

Hij leest heel traag. Soms leest hij een gedicht een paar keer, om het beter te begrijpen.

De zinnen zingen in zijn hoofd.

Is dit het? vraagt Bembo zich af. Is dit het geheim?

Hij proeft elke letter op zijn tong en geniet van ieder woord.

Maar toch schudt hij zijn hoofd.

Er moet meer zijn, voelt hij. Het geheim moet groter.

Bembo leest tot zijn ogen pijn doen en de slaap hem lokt.

Uitgeput schuift hij naar zijn hol onder de plank.

Hij trekt een deken dicht tegen zich aan en geeuwt.

Even later dwalen zijn dromen naar de warmte van opa.

Was hij nog maar hier. Dan konden ze samen zoeken ...

HET VERVOLG

Bembo heeft een heel oud boek uit de kast gehaald. Het ruikt naar verre kamers en vergeten licht.

Het papier is zo dun dat het bijna scheurt.

Maar Bembo bladert voorzichtig.

Met de ogen van een speurneus bestudeert hij de vreemde taal, die langzaam verandert in een verhaal.

Bembo zit zo met zijn neus in het boek dat hij alles om zich heen vergeet.

Hij schrikt dan ook hevig wanneer hij opeens een stem hoort, vlakbij zijn oor.

'Hoi!'

Bembo valt pardoes voorover, op het boek. Een pagina dwarrelt neer op zijn hoofd.

Met bonzend hart kruipt hij onder het blad vandaan.

Bembo denkt even dat hij zichzelf ziet. Zo erg lijkt de boekworm die voor zijn neus staat op hem.

Maar als Bembo goed kijkt, ziet hij de verschillen: lichte

ogen, een lijf dat een tikje ronder is en een strikje ...

Bembo slikt. Dit is een meisje.

'Hoi!' zegt de stem nog een keer.

'Eh ... hoi ...'

Het meisje schiet in de lach.

'Ik ben Vera,' giechelt ze. 'Vera Wurm.'

Bembo steekt zijn poot uit.

'Bembo Boekworm,' mompelt hij.

En hij voegt er meteen aan toe:

'Wat eh ... wat doe je hier?'

'Ik woon hier.'

'Dat kan niet,' zegt Bembo kordaat. 'Ik woon hier.'

'Nou, ik ook. En als je me niet gelooft, dan ga je maar eens

kijken onder de laatste kast met de Z, daar is mijn hol.'

'Oh,' zegt Bembo.

Bij de Z is hij nog nooit geweest ...

'Mijn hol is onder de eerste kast.'

Vera knikt. 'We wonen hier dus samen.'

'Zo is het,' geeft Bembo met tegenzin toe.

'Vind je het erg als ik nu weer voortlees?'

'Nee hoor,' antwoordt Vera.

Bembo richt zijn ogen weer op de tekst.

Maar Vera blijft zitten waar ze zit.

Ze gluurt mee in het boek, merkt Bembo.

Hij zucht.

Met Vera in de buurt gaat lezen een stuk trager.

'Heb je liever dat ik ga?' vraagt Vera.

Bembo fronst.

Nog voor hij kan antwoorden, kruipt Vera al naar de

volgende kast.

'Tot later!' roept ze.

'Tot later,' zegt Bembo in stilte.

Maar hij twijfelt of hij wel een later wil.

HET VERVOLG VAN HET VERVOLG

De volgende ochtend staat Vera er weer.

Bembo leest nog steeds in het oude boek.

Hij kijkt even op wanneer Vera 'hoi' zegt, maar doet dan alsof hij ijverig de letters bestudeert.

Vera komt heel dicht bij hem zitten, waardoor de zinnen voor Bembo's ogen beginnen te dansen.

Hij zucht weer.

'Lees jij nooit?' vraagt hij.

Vera reageert heftig: 'Natuurlijk wel. Ik lees altijd. Of toch bijna altijd. Maar soms wil ik even pauze. Zoals nu.'

Bembo vraagt zich af hoe lang de pauze gaat duren.

Hij strijkt nerveus met zijn poot over het papier.

'Zoek jij ook naar het geheim?' vraagt hij opeens.

'Het geheim?'

Vera trekt grote ogen.

'Ergens schuilt er een geheim in de boeken,' zegt Bembo.

'Maar jij hebt het dus ook nog niet gevonden ...'

Vera glimlacht en fluistert: 'Boeken zitten vol geheimen.

Er is er niet één, er zijn er duizenden.'

Bembo wil uitleggen dat er een geheim is dat groter is

dan alle andere, maar hij houdt zijn mond.

Misschien zou Vera hem wel uitlachen ...

Ze praten nog wat. Tot Vera zegt: 'Ik ga maar weer.'

Bembo leest verder, maar zijn hoofd wil niet helemaal mee.

Hij denkt aan Vera, en aan haar gegiechel en gebabbel.

Wat moet ik met haar? vraagt Bembo zich af.

De dag erna blijft het stil in Bembo's boekenkast.

Vera duikt niet op.

Mooi, denkt Bembo terwijl hij het oude boek streelt.

Zonder Vera heeft hij lekker veel tijd voor letters.

Hij leest aan één stuk door.

Maar wanneer Bembo 's avonds nog altijd geen glimp van

het meisje heeft gezien, begint hij zich zorgen te maken.

Is er iets gebeurd met Vera?

Of vond ze hem gewoon niet leuk?

Was hij misschien niet lief genoeg?

Bembo strijkt een ezelsoor glad.

'Wat maakt het uit,' sust hij zichzelf, 'ik heb mijn boek.'

HET VERVOLG GAAT VOORT

Bembo is al enkele uren aan het lezen wanneer de warme poot van Vera zachtjes op zijn rug tikt.

'Dag leesbeest!'

'Je bent er weer!' roept Bembo luider dan hij had bedoeld.

'Stoor ik je?' vraagt Vera voorzichtig.

'Eh, nee ...'

Het blijft een hele poos stil. Tot Vera naar het boek wijst en zegt: 'Wil je me wat voorlezen?'

Even aarzelt Bembo, maar dan knikt hij.

Hij kucht, wriemelt aan zijn bril en begint te lezen. Zijn stem bibbert bij de eerste zinnen.

Maar na een pagina of twee klinkt hij rustig en krachtig.

Vera luistert met ingehouden adem.

Als het boek uit is, fluistert het meisje: 'Dank je wel, dat was mooi. Ik ga nu maar eens ...'

'Kom je morgen weer?'

'Misschien wel, misschien niet,' antwoordt Vera. 'Wat wil jij?'

'Ik ... eh ...'

Vera kruipt lachend naar de volgende kast en roept nog:

'Tot morgen, Boekworm!'

Eigenlijk, denkt Bembo terwijl hij Vera nakijkt, is het best gezellig als ze hier is.

'Waar blijft ze?' vraagt Bembo zich de volgende middag af.

Hij heeft net dertig pagina's gelezen.

Spannende pagina's, grappige en geheimzinnige.

Hij geniet nog na van de smaak van de laatste zin.

En toch weet hij niet zeker wat hij wil: voortlezen of ...

Zijn ogen speuren de bieb af en richten zich dan weer op het boek.

In een mum van tijd slorpt het verhaal Bembo op.

'Hallo daar!'

Bembo schrikt, maar glimlacht dan.

'Dag Vera.'

'Lees maar voort, hoor.'

'Eh ... ik eh ... ik neem wel even pauze,' zegt Bembo zachtjes.

Vera begint te praten over het boek dat ze aan het lezen is. Haar ogen zitten vol vuur en haar poten maken grote bewegingen. Luisteren naar haar is haast net als lezen, bedenkt Bembo. Vera is spannend als een verhaal.

In de dagen die volgen, zien Bembo en Vera elkaar meer en meer. Ze bladeren samen door boeken, ze drinken thee en vertellen verhalen. En soms zitten ze gewoon bij elkaar te zwijgen. Wanneer Vera er niet is, leest Bembo meer dan ooit. Alsof zijn honger naar letters niet meer te stillen is.

Hij ontdekt de M van Mmm, van Meisje en van Mijmeren, van Mooi en Moed en Mogelijk, en de M van Muziek die zo zacht fluistert dat je haar nauwelijks hoort ...

EEN NIEUW BEGIN

Het is nog vroeg in de ochtend, maar Bembo is al enkele uren aan het lezen.

Wanneer Vera plotseling op zijn rug tikt, keert hij zich glimlachend naar haar toe.

'Goedemorgen!'

'Kom mee,' zegt Vera. 'Ik wil je wat laten zien.'

'Nu?' vraagt Bembo.

'Ja! Nu!'

'Maar het boek ...'

Vera draait even met haar ogen.

'Voor dat boek is er nog tijd genoeg. Kom op!'

Ze schuifelt ongeduldig heen en weer.

Bembo aarzelt. Maar uiteindelijk stopt hij een bladwijzer in het boek en gaat achter Vera aan.

Ze neemt hem helemaal mee naar de andere kant van de bieb. Naar een plek waar Bembo niet eerder is geweest.

'Kijk,' zegt ze opeens, 'daar is een raam. En als je erdoor kijkt, zie je hoe de zon opkomt.'

Vera kruipt tot vlak bij het venster, en Bembo volgt.

Met hun neuzen tegen het glas, zien ze hoe een zachtroze gloed langzaam de lucht vult.

Bembo kijkt verwonderd toe.

'Ik wist niet eens dat er hier een raam was ...'

'Als je me helpt, krijgen we het misschien wel open,' antwoordt Vera.

Ze wrikken uit alle macht, tot het raam op een kier staat. Er waait meteen een fris briesje binnen.

'Wacht hier,' zegt Vera. 'Ik ben zo terug.'

Vera zit vol verrassingen, denkt Bembo met een lach.

Een poosje later staat Vera er weer. Met een theepot, twee kopjes en een mandje met brood en koek en jam.

Ze ontbijten samen, terwijl het zonlicht steeds feller door het raam naar binnen valt.

Als alles op is, nemen ze lukraak een boek uit de kast en beginnen ze samen te bladeren.

Ze lezen om de beurt een zin voor die ze mooi vinden.

Ze snuffelen aan het papier.

En ze lachen om een gekke tekening.

Soms kijken ze op net hetzelfde moment op van het boek. Dan ontdekt Bembo fonkels in de ogen van Vera.

Soms lezen ze een hele poos in stilte.

En opeens begint Bembo zomaar te lachen.

'Dit is het!' juicht hij.

Vera kijkt hem niet-begrijpend aan.

'Ik heb het gevonden!' roept Bembo.

Vera fronst.

Maar Bembo weet het zeker.

Hij kijkt aandachtig naar de vlekken zonlicht op de vloer van de bieb, naar de koekkruimels in het mandje, naar de bladen van het boek die zachtjes bewegen, en naar de blos op de wangen van Vera.

En hij fluistert: 'Dit is het geheim.'

CIP-GEGEVENS
Koninklijke Bibliotheek Albert I

© **TEKST**
Reine De Pelseneer

© **ILLUSTRATIES**
Richard Verschraagen

VORMGEVING
Dries Desseyn (Oranje)

DRUK
Oranje, Sint-Baafs-Vijve

© 2012 Uitgeverij De Eenhoorn bvba, Vlasstraat 17, B-8710 Wielsbeke

D/2012/6048/65
NUR 282
ISBN 978-90-5838-807-0

www.eenhoorn.be